Wolfgang Link

ORGINALE UND ORGINELLES

Reise ins Innere

Für Jutta in Liebe und Dankbarkeit zugeeignet

Bibliografische Information der Deutschen Nationalbibliothek:
Die Deutsche Nationalbibliothek verzeichnet diese Publikation in der
Deutschen Nationalbibliografie; detaillierte bibliografische Daten sind im
Internet über http://dnb.dnb.de abrufbar.

© 2022 Wolfgang Link

Technische Ausführung: David Zimmermann
Herstellung und Verlag: BoD – Books on Demand, Norderstedt

ISBN: 978-3-7562-6049-2

INHALT

1. GÖTTLICHER GELEITSCHUTZ

Schon bei der Geburt war er bedroht: Kaum hatte er das Licht der Welt erblickt, heulten die Sirenen und kündigten Tod und Verderben an. Dies wurde nach etwas über zwei Jahren grausame Wirklichkeit. Am Abend des 27. November 1944 kündigten erneut Sirenen das Nahen des feurigen Drachens an. Er spie aus seinem Maul Hunderte von Teufelsvögeln, die in nur 20 Minuten Tod und Verderben brachten. Sie hinterließen Ruinen, soweit das Auge reichte und Tausende von Toten. Hunger, Elend, Obdachlosigkeit und Trauer über den Verlust von Angehörigen und Freunden war in den nächsten Jahren das traurige Schicksal der Überlebenden. Mitten in dieser Trostlosigkeit geleitete ihn eine gute Fee in ein Land, in dem 500 Jahre Frieden herrschte. Viele Generationen hatten keinen Krieg erlebt. Sie hatten alles, was sie zum Leben brauchten, im Überfluss. Für den kleinen Jungen war dies wie ein Leben im Paradies. Erstmals durfte er ein Weihnachtsfest fernab von Hunger, Elend, Kälte, Hass und den Folgen des Infernos, das der Feuerdrache über Unschuldige gebracht hatte, erleben.

Aber die Sehnsucht nach der Familie blieb. Zurückgekehrt empfand er die trostlose Lage in seiner Heimat umso bedrückender. Hinzu kam eine lebensbedrohliche Erkrankung seines Vaters und der zeitweilige Verzicht auf seine Mutter. Das Gespenst des Hungers hätte sie alle verschlungen, wenn die Mutter nicht unter Aufbietung der letzten Kräfte Nahrungsmittel gehamstert hätte. Hunderttausende fielen dem Moloch Hunger und Krankheiten zum Opfer. Wir atmeten alle auf, als gute Mächte die Not linderten und allen ein menschenwürdiges Dasein schenkten. Aber bei aller Freude über das Erreichte zogen düstere, Unheil verheißende Wolken am Horizont auf: Die Angst vor einem neuen Krieg mit unserer Heimat als Schlachtfeld drohte. Höheren Mächten ist es zu verdanken, die durch unsere Fürbitten das Schlimmste von uns fernhielten.

Göttliche Mächte waren am Werk, als er durch tosende Fluten watete und retteten ihn vor dem Ertrinken. Auch grenzte es an ein Wunder, dass nach einem Schuss ins Auge durch einen Papierbolzen dieses nicht erblindete, sondern zum Erstaunen der Ärzte ohne Spätfolgen verheilte. „Ich will, dass du sehend bleibst," erscholl vom Himmel eine Stimme.

Vom Geist geleitet, bestand er erfolgreich alle Prüfungen und umschiffte Klippen und Untiefen, an denen er beinahe gescheitert wäre. Trotz rauer See verlor er nie den Kurs in Richtung liebendes Licht. Da traf die römische Weisheit ‚Per aspera ad astra' (Durch Mühsal zu den Sternen) auch auf sein Leben zu. Aber einmal folgte er einem Irrlicht, das ihn vom geraden Wege abbringen wollte. Er sah in Abgründe und versuchte, sich ihnen durch Flucht zu entziehen. Aber das liebende Licht, das ihn durch die Seele guter Menschen umgab, hielt ihn von einer vorschnellen Entscheidung ab. Nach jahrelanger vergeblicher Suche erhielt er die Erleuchtung: Siehe, der Himmel ist in dir. Entdecke dein inneres Licht in dir, im Mitmenschen und in der Schöpfung! Und diese Erkenntnis brachte ihm die Fülle: Jahrzehnte segensreichen Wirkens, eine wunderbare Zweisamkeit und nach dem Tode der geliebten Ehefrau erneut einen Engel, der ihn mit großer Freude und Licht erfüllte.

Dem Himmel sei's gedankt!

2. EINE STARKE PERSÖNLICHKEIT

Juli 1939. Kurz vor Kriegsbeginn lockte die Sehnsucht nach Neuem und Unabhängigkeit eine junge Frau in die damalige Reichshauptstadt. Während des Krieges mussten ihre Bewohner 300 Terrorangriffe aus der Luft mit unzähligen Toten und Verletzten über sich ergehen lassen. Zwei Mal ausgebombt, gelang es ihr trotzdem, mitten in den Kriegswirren das Abitur zu machen und erfolgreich ein Studium der Germanistik und Geschichte mit Promotion zu absolvieren. Neben dem Mangel an Nahrungsmitteln und der Wohnraumnot in der zerstörten Stadt waren Frauen ständig der Gefahr, von Rotarmisten vergewaltigt zu werden, ausgesetzt. Gertrud umso mehr, da sie eine ausgesprochene Schönheit war. Dem entging sie dadurch, dass sie als Schwesternhelferin in der Charité arbeitete. Bei drohenden Razzien durch sowjetische Soldaten versteckte sie sich zuhause unter der Matratze. Nach

Kriegsende zog es sie wieder in ihre Heimatstadt Freiburg. Vor allem quälte sie die Ungewissheit, ob nach 10 Luftangriffen der Alliierten ihre Angehörigen noch lebten. Aber wie sollte sie die 800 Kilometer lange Strecke bewältigen? Die Infrastruktur war weitgehend zerstört, die Bahnlinien unterbrochen, viele Brücken gesprengt. Aber ihr eiserner Wille schaffte es. Mit einem Fahrrad, das ihr ihre Wirtin geschenkt hatte, fuhr sie unter abenteuerlichen Umständen durch alle vier Besatzungszonen und erreichte auch dank der Hilfsbereitschaft von LKW-Fahrern, die sie mitnahmen, die schwer zerstörte Schwarzwaldhauptstadt, einst die Perle des Schwarzwaldes. Glücklicherweise hatten alle ihre Angehörigen das Inferno der Fliegerangriffe überlebt.

Obwohl ihr eine gut bezahlte Stelle als Protokollantin im neuen deutschen Bundestag in Bonn angeboten wurde, suchte sie eine Tätigkeit in der Nähe des Elternhauses. Mit ihren Fächern bot sich im Hinblick auf den Lehrermangel, verursacht durch die im 2. Weltkrieg gefallenen ehemaligen Lehrer und der Entnazifizierungskampagne eine Lehrtätigkeit am Gymnasium mit den Fächern Deutsch, Geschichte und Geographie an. Gegen den Widerstand der Leiterin Germanistik, die sie auf Grund ihres Alters und der eigenständigen Persönlichkeit ablehnte, setzte sie sich durch und behauptete sich in Klassen, vor denen manche ihrer männlichen Kollegen gescheitert waren. Ihrem Namen Gertrud, das heißt mit dem Ger = Speer vertraute machte sie alle Ehre. Schon als Kleinkind trat sie ihrer 5 Jahre älteren Schwester, meiner Mutter so ins Schienbein, dass diese zeitlebens eine Narbe davontrug. Dies trug ihr die Ehrenbezeichnung 'Freiburger Dini' ein und diesem machte sie alle Ehre.

Einige Beispiele: Auf einer Fahrt nach Indien konterte sie die ständigen Angriffe einer aggressiven Mitreisenden mit den Worten: „Abschmieren sollte man das Weib!"

Bei einer kultischen Veranstaltung in Leh, der Hauptstadt von Ladakh, Westtibet, wurde sie von einer Holländerin mit „du Nazi" beschimpft. Als NS-Gegnerin war sie um eine Antwort nicht verlegen. Sie schoss zurück mit den Worten: „du Drecksau!"

Der Feuerdrache

Bei einer Diskussion über den Islam wollte ich meinen Standpunkt mit einem Zitat aus dem Koran belegen und bot ihr an, ihr ein Exemplar zu besorgen. Das lehnte sie ab mit den Worten: "Den werde ich sofort ins Feuer werfen!"

Ihre teilweise skurrile Phantasie äußerte sich in folgender Begebenheit: Die Erben des elterlichen Hauses berieten, wie man die Zimmer des Hinterhauses vermieten könne. Vorschlag des Freiburger Dini: Richten wir ein Puff ein mit ihrer Schwester als Puffmutter! Sie könne dieses Gewerbe als Beamte nicht übernehmen.

Als ich ihr ein Pfefferspray zur Abwehr von aggressiven Hunden zeigte, entgegnete sie: Richte es doch auf die (Anm. ungeliebte) Direktorin!

Jahrzehnte später. Ihre starke Persönlichkeit verfiel auf Grund ihrer Demenzerkrankung mehr und mehr. Sie musste in ein Pflegeheim umziehen. Dort setzte sie sich an einen Tisch im Konferenzraum und aß vor Beginn der Konferenz die Kekse, die für die Mitarbeiter des Hauses bestimmt waren.

Ihre Drachenhaftigkeit lebte bei folgender Begebenheit nochmals auf: Einer Mitbewohnerin zog sie den Stuhl weg, bevor sich diese zu Tische setzen wollte. Glücklicherweise kam diese beim Sturz nicht zu Schaden.

3. DIE RETTENDE IDEE

Januar 1945. Der totale Krieg wütet nicht nur in den Bombennächten unter Zivilpersonen, sondern auch unter der Bevölkerung in den Ostgebieten. Unzählige Menschen aus Schlesien und Ostpreußen verlassen Hals über Kopf ihr zuhause, um dem Terror der Roten Armee zu entkommen. So auch eine Mutter mit ihrem fünfzehnjährigen Sohn. Sie hatte erfahren, dass selbst Jugendliche zum Kriegsdienst verpflichtet wurden. Sie wollte ihr einziges Kind nicht einem sinnlosen Krieg opfern. Was tun? Da kam ihr die rettende Idee: Kurzerhand steckte sie ihren Sprössling in Frauenkleidung. Angsterfüllt begab sie sich zum Bahnhof. Was wäre, wenn der Schwindel entlarvt würde? Am Bahnsteig standen SS-Männer und Gestapo-Angehörige. Sie sonderten alle Männer zwischen 15 und 60 Jahren aus und verpflichteten sie zum letzten

Gefecht. Da kam der Befehl: Sofort einsteigen! Wir haben nur noch 15 Minuten Dampf. Schnaubend setzte sich der Zug in Bewegung. Der angsterfüllten Mutter fiel ein Stein vom Herzen. Sie waren gerettet und hatten Glück, nicht von Tieffliegern beschossen zu werden. Im Umsteigebahnhof angekommen, gelangten sie nach stundenlanger Fahrt im Viehwagen völlig entkräftet in ein Internierungslager in Dänemark. Nach dem Krieg wurden sie nach Freiburg weitergeleitet. Dort konnte Herr W. Nach erfolgreichem Ablegen des Abiturs Pharmazie studieren und wirkte Jahrzehnte zum Segen seiner Mitmenschen in einer Apotheke in Gengenbach. Dies war für ihn und seine Mutter, die er liebevoll Puppi nannte, ein Ersatz für die verlorene Heimat.

4. KRIEGSFOLGEN IM SCHULISCHEN BEREICH

Die Gnade der späten Geburt ersparte mir Traktate der NS-Propaganda im Schulunterricht, nicht aber die Kriegsfolgen. Anstelle des Abschiedsgrußes „Der Letzte wischt die Tafel aus, die Andern mit Heil Hitler raus" wurde das Gebet gesprochen:
„Mit Gott fang an, mit Gott hör auf,
das ist der schönste Tageslauf."
Anstelle von Gröfazbildern (=Größter Führer aller Zeiten) hingen Kreuze in allen Klassenzimmern. Manche Schüler hatten davor keinen Respekt. Ein Filou wollte einem Chemielehrer den Bären aufbinden, dass ein Kreuz zum Gedenken an einen bei einer Explosion tödlich verunglückten Chemielehrer angebracht worden sei.
Nun zurück zu meiner Einschulung: In der ersten Klasse hatte ich das große Glück, von einem pädagogisch äußerst talentierten Lehrer unterrichtet zu werden. Er hatte seine Schüler gern und war zu ihnen wie ein zweiter Vater. Alle erhielten Schulspeisung, keiner wurde benachteiligt. Abwechselnd gab es Kakao oder Erbswurstsuppe mit Brötchen, von den Amerikanern gespendet und in Gulaschkanonen gewärmt. Das war jedes Mal ein Festessen, waren doch die Essensrationen in der französischen Besatzungszone mit 900 Kilokalorien pro Person und Tag äußerst knapp bemessen.

Eine Begebenheit ist mir immer noch in lebendiger Erinnerung. Am Aschermittwoch kam ein Mitschüler, der als Cowboy sich verkleidet hatte, mit Fransen an der Hose in die Schule. Der Lehrer tadelte ihn mit den Worten, Fastnacht sei doch vorbei. Darauf der Junge mit Tränen erstickter Stimme: „Mein Vater ist gefallen, meine Mutter muss arbeiten und kam noch nicht dazu, die Fransen zu entfernen." Mehrere Mitschüler waren Halbwaisen.

Der Mangel an Schulraum war so groß, dass der Schulunterricht jahrelang in einem ehemaligen Hotel stattfand. Auch wurden Gymnasiasten aus zwei Schulen im gleichen Gebäude unterrichtet.

Von den Spätfolgen des Krieges waren zwei Lehrer gezeichnet. Ein Erdkundelehrer, mit dem Spitznamen Stumpenkarle (er rauchte gerne Zigarrenstumpen) hatte an der Front einen Arm verloren. Die glänzende Karriere, die er als Dirigent begonnen hatte, war damit auf grausame Weise beendet.

Mein Griechischlehrer namens Herrgott kehrte mit einem steifen Bein aus dem Krieg zurück. Trotzdem ließ er sich seinen Humor nicht nehmen. Auf Elternabenden stellte er sich mit folgenden Worten vor: „Mein Name steht in jedem Gebetbuch. Ich heiße Herrgott und gebe Griechisch.

Humor ist, wenn man trotzdem lacht.

5. DAS TRIBUNAL

Angeklagt: Einige Jugendliche im Alter von 14 Jahren

Richter: Ein Schulmeister

Gerichtssaal: Ein Klassenzimmer in der Karlschule Freiburg

Tathergang: Einige Schüler wollten sich an einem Mitschüler rächen und besorgten sich Knallfrösche. Diese warfen sie ins offene Fenster eines Wohnhauses. Das blieb nicht ohne Folgen. Die Mutter des ungeliebten

Kameraden verklagte die Bösewichte beim Klassenlehrer und forderte eine strenge Bestrafung. Sie gab vor, einen Herzanfall erlitten zu haben. (Inwieweit dies den Tatsachen entsprach, konnte nie ermittelt werden.)

Prozessverlauf: Die Missetäter mussten nach vorne treten und wurden vom strengen Schulmeister der Reihe nach gebeutelt und geohrfeigt, nachdem ihre Schuld erwiesen war. Obwohl der Lehrer eine strenge Miene aufsetzte, konnte er den Schalk nicht verbergen. Dies fand in Bezeichnungen seinen Niederschlag, die er den einzelnen Delinquenten verteilte. Unter anderem gab er denen, die die Knallfrösche gekauft und geworfen hatten, den Namen Froschmänner und der, der verbotenerweise die Klingel betätigte, hieß der Glöckner von Notre Dame.

Zur Strafe mussten die Verurteilten Berichte schreiben. Mit Sätzen wie 'Dann kauften wir Froschmänner ' konnte sich der strafende Lehrer auch später über die denkwürdige Inszenierung des Tribunals noch amüsieren.

6. GEGEN DEN UNGEIST DER ACHTUNDSECHZIGER

Freiburg 1968. Die Achtundsechziger -Revolte, von Frankreich ausgehend, schwappte schnell nach Westdeutschland über. Die Revoluzzer traten „den langen Marsch durch die Institutionen" an und versuchten, alles, ob es gut oder schlecht war, zu zerstören. Vorlesungen wurden gesprengt, auch an den Schulen war es sehr schwierig, teilweise fast unmöglich zu unterrichten. Besonders schlimm ging es am Rotteck-Gymnasium Freiburg zu, dessen Schüler von Achtundsechziger-Studenten aufgehetzt wurden. Ein Lehrer bezeichnete die höhere Bildungsanstalt als 'Rotzeck'. Die Folgen für das Kollegium waren verheerend. So starb zunächst der Direktor und wenige Monate später ein 47 Jahre alter Lehrer an Herzversagen.

Da muss etwas geschehen. Obwohl der nachfolgende Direktor durch Asthma körperlich geschwächt war, stellte er sich voll und ganz hinter seine Kollegen. In einer Konferenz wurden Maßnahmen beschlossen, die gegen schulrechtliche Bestimmungen verstießen. ,So wurden Klassen geteilt bei Vermittlung des reduzierten Lernstoffs und besonders missliebige Schüler zeitweise oder für immer vom Unterricht ausgeschlossen. Bei der anschließenden Debatte ging es heiß her: Ein Kollege wendete ein, wir müssen mit Konsequenzen vom Amt rechnen. Darauf ein anderer, altgedienter Lehrer zur einzigen Kollegin: „Meine Dame, die Herren haben die Hosen gestrichen voll." Dem mutigen Direktor, dem tüchtigsten, den ich je erlebte, war das Wohl seiner ihm anvertrauten Kollegen wichtiger als schulrechtliche Bestimmungen einzuhalten und unangenehme Folgen seitens der Elternschaft zu befürchten. Meine Hochachtung vor soviel Zivilcourage!

7. DER GENGENBACHER FENSTERSTURZ

Ein Schüler war durch üble Streiche bei Lehrern und Mitschülern berühmt-berüchtigt. So waren Zwischenrufe im Biologieunterricht noch vergleichsweise harmlos. Unter anderem gab er auf die Frage eines Referendars, was die Kreuzotter fresse, zur Antwort: „Einen Elefanten".

Gar nicht lustig empfanden seine Mitschüler das Anbringen von Rauchbomben in der Toilette und das Werfen einer Stinkbombe in einem Schulbus. Nachdem das Fahrzeug aus dem Verkehr gezogen werden musste, waren die auswärtigen Schüler die Dummen.

Besonders störend empfand eine Geschichtslehrerin das Zeigen von knallgelben Zetteln, die er aus seiner Schultasche herauszog. Damit wollte er vom Unterrichtsgeschehen ablenken und die Aufmerksamkeit auf sich ziehen. Behandelt wurde der Prager Fenstersturz zu Beginn des Dreißigjährigen Krieges. Kurz entschlossen veranschaulichte die strenge Pädagogin den Prager Fenstersturz mit dem Rauswurf der Schultasche aus dem zweiten Stock. Anschließend kommentierte sie, jetzt müsse man den Kerle noch mit rauswerfen. Das jedoch wäre viel zu gefährlich gewesen. Anders als beim Prager Fenstersturz fehlte ein Misthaufen, der den Sturz abgefedert hätte.

8. AQUA DAS WASSER

...vinum der Wein, scher dich zum Teufel, verfluchtes Latein!

Diesen in Schülerkreisen kursierenden Spruch konnte ich nicht gutheißen, kamen mir doch mein neunjähriger Lateinunterricht beim Erlernen von Spanisch anlässlich eines Besuches in Chile zugute. Der Lateinlehrer, der mich von Sexta bis Quarta unterrichtete, verstand es ausgezeichnet, uns lateinische Grammatik beizubringen. Wohl dem, der in dieser Disziplin gut war! Schwächere Schüler hatten allerdings nichts zu lachen. Sie wurden mit einem Repertoire von über 80 Liebkosenamen dekoriert wie Dubel, dummer Teufel, schwerfälliger Sack, Doofmann, Hutsimpel, Idiot, Wackelpudding, Dünnbierbrauer, Schnapsgeiger, Sauerkrauthirn, dummer Stiefel, Mausefallenhändler, um nur einige Beispiele humoristischer Bildung zu nennen. Wie würden Schüler und Eltern heutzutage darauf reagieren?

9. DAS HIMMLISCHE KANONENROHR

Noch in den fünfziger Jahren des vorigen Jahrhunderts unterrichteten meist Priester Religionsunterricht, da es zu dieser Zeit genügend Geistliche gab. Eine beeindruckende Persönlichkeit war Dr. D. K., genannt Pong, weil er aufmüpfigen Schülern Kopfnüsse gab. Schon im Dritten Reich hatte er sich mutig in Lehre und Verkündigung gegen die atheistische, menschenverachtende NS-Ideologie zur Wehr gesetzt. Nur dank eines einflussreichen ehemaligen Schülers, Mitglied der NSDAP, blieb ihm die Inhaftierung in einem KZ erspart. Als in Freiburg ein SS-Mann in Pervertierung des Glaubenssatzes 'Christus, gestern, heute und in Ewigkeit' Christus durch Adolf Hitler ersetzte, wetterte Pong gegen diesen gottlosen Spruch.

Sein Kampfgeist, der sich im tausendjährigen Reich entwickelt hatte, behielt er auch später im Religionsunterricht bei. So donnerte er bei Wissenslücken im Glauben mit Worten wie 'Ihr Kaffern, euch sollte man Nachhilfe in Religion geben' Das brachte ihm den Spitznamen 'himmlisches Kanonenrohr' ein. Auch sparte er nicht mit wenig schmeichelhaften Kommentaren wie „Du hast ein verkrüppeltes Gehirn" oder zu einer Mitschülerin „du Schleiereule".

Seine mangelnde pädagogische Qualifikation machte er durch seine überragenden wissenschaftlichen Fähigkeiten wett. So gab er einen Jugendkatechismus heraus. Geehrt wurde er auch von Rom durch Verleihung des Titels 'Monsignore' und 'Päpstlicher Geheimkämmerer'. Nicht ohne Stolz trug er diese Ehrenbezeugungen.

10. LIEBE IST STÄRKER ALS HASS

Eine wahre Geschichte, geschehen in einem Supermarkt in Deutschland, November 2021

Voller Aggressionen betritt eine etwa 65 Jahre alte Frau, nennen wir sie Frau Zornmaier- einen Supermarkt. „Können Sie nicht zur Seite gehen?" brüllt sie einen Kunden an, als sie diesen mit ihrem Einkaufswagen anrempelt. Und eine Mitarbeiterin, die gerade neue Ware ins Regal stellt, giftelt sie an mit den Worten: „Sie fauler Sack! Hätten sie nicht früher für Nachschub sorgen können?" Überall verbreitet sie eine Atmosphäre von Hass, so dass alle Kunden ihr aus dem Weg gehen.

Ein Kunde namens Christmann erhält die Eingebung: 'Bete für diese Frau! Auch sie ist Gottes geliebtes Kind.'

Kurze Zeit später wartet Herr Christmann an der Kasse vor Frau Zornmaier. Da wird ihm erneut eine Eingebung zuteil: 'Tu etwas Gutes und zahle die Rechnung für diese Frau!' Gedacht, getan. Der verblüfften Kassiererin eröffnet er, auch für diese Frau die Rechnung zu begleichen. Voller Erstaunen fragt Frau Zornmaier Herrn Christmann: Warum haben Sie für mich die Rechnung bezahlt?" Gelassen erwidert Herr Christmann: „"Jesus hat am Kreuz die Rechnung für meine Schuld bezahlt." Da verliert die Frau die Fassung und erzählt unter Tränen: „Als junge Mutter verlor ich meinen einzigen Sohn bei einem Verkehrsunfall. Seitdem hadere ich mit Gott, wie er ein solches Leid über mich bringen konnte. Ich hasse ihn. Sie haben mir Kunde von einem liebenden Gott gegeben." Sprach's, kehrte ins Vaterhaus zurück und gewann inneren Frieden durch das Sakrament der Versöhnung.

11. EINE STILLE HELDIN

Ihr Auftreten war bescheiden. Ihre mütterliche Art strahlte Wärme und Geborgenheit aus. Anders als manche Menschen, die durch schwere Schicksalsschläge verbittert wurden, nahm sie ihr Los gelassen an. Als Mutter von 3 Söhnen hatte sie ihren Mann nach schwerer Krankheit verloren und musste als Alleinerziehende volle Verantwortung übernehmen. Ähnlich wie ihr viel zu früh verstorbener Ehemann erkrankte sie schwer. Ihr Leben hing an einem seidenem Faden. Auf dem geistigen Weg wurde sie geheilt. - in den Augen der sie behandelnden Ärzte ein Wunder. Ihr war bewusst: Allein schon als Mutter wurde sie gebraucht. Unter enormen finanziellen Entbehrungen ermöglichte sie allen 3 Söhnen, erfolgreich das Abitur abzulegen und ein Studium mit gutem Abschluss zu absolvieren. Im Cursillo-Kreis, einer charismatischen religiösen Gruppierung innerhalb der katholischen Kirche war sie bei allen Teilnehmern sehr beliebt und dies ohne große Worte, einfach durch ihr Dasein. Sie ist ein Segen für die Menschen.

12. EIN ENGEL IN MENSCHENGESTALT

Auf einem Seminar im Haus Lichtquell, Todtmoos begegnete ich ihr. Sie hatte eine Ausstrahlung, die mich sofort in ihren Bann zog. Ohne große Worte wirkte sie allein durch ihr Dasein. Ihr Lächeln war wie ein Aufgehen der Sonne und wirkte heilend und befreiend. Ihr ausgeglichenes Wesen verdankte sie einem guten Elternhaus. Hier herrschten Wärme und Geborgenheit. Dies half ihr auch in Krisenzeiten, Abgründe zu überwinden. Die größte Enttäuschung erlebte sie, als ihr Mann fremd ging. Angesichts der darauffolgenden Scheidung brach in ihr eine Welt zusammen. Nie wieder Ehekrieg- das hatte sie sich fest vorgenommen. Aber die göttliche Führung und Fügung hatte einen anderen Plan. Nach jahrelanger Freundschaft, die zu den lichtvollsten Begebenheiten meines Lebens führten, gaben wir uns vor dem Standesamt und am Traualtar das Ja-Wort. Die über sieben Jahre dauernde Ehe, in der es nie ein böses Wort gab, war von viel Liebe, Herzenswärme und gegenseitigem Wohlwollen getragen. „Ist das ein glückliches Paar!" bemerkten uns unbekannte junge Menschen.

Nach ihrem Tod fiel ich jahrelang in tiefe Trauer, den Preis für die wunderbare Ehe. Erst als ich einem neuen Engel begegnete, trat an Stelle der Trauer und Einsamkeit Dank und das Bewusstsein, dass Ilse als guter Engel die neue Partnerschaft beschützt.

13. DER GOLDENGEL

Sie beeindruckte mich schon bei den ersten Ferngesprächen durch ihre klare Stimme und durch ihre in die Tiefe gehenden Ausführungen über anspruchsvolle Themen, zustande gekommen durch ihren Wunsch, meine Schrift 'Mystische Landschaften und Musik' zu beziehen.

 Noch nie habe ich mit einer Unbekannten so innige Gespräche geführt. Bei der ersten Begegnung, die auf meinen Wunsch zustande kam, war ich von ihrer Ausstrahlung und inneren Schönheit sehr angetan. Ihre vor vier Jahren überwundene schwere Erkrankung war ihr nicht anzusehen, auch nicht ihr ganz einfaches Leben, ohne Vater und Geschwister aufgewachsen, zum Teil auch in einer Pflegefamilie, geschieden. Mit sehr viel Gottvertrauen ging sie ihren Weg.

Als Alleinerziehende hat sie das große Verdienst, dass sie ihre Kinder zu tüchtigen Gliedern der menschlichen Gesellschaft heranbildete.

Bei Nachbarn und in der Gemeinde ist sie dank ihrer verbindlichen Art sehr beliebt.

Allem Schönen zugeneigt, wanderte sie begeistert durch die Wälder, durch die Auen. Sie hat einen Blick auch für die unscheinbaren Dinge am Wegrand. Offen ist sie auch für gute Literatur, Musik, Malerei und Architektur. Ihr fester Glaube half ihr, schwere Lebenslagen zu meistern.

Eine edle Seele in einem zerbrechlichen Gefäß

14. EINE MODERNE HEILIGE

Die Ausstrahlung, die die Franziskanerschwester B. hat, erinnert an Darstellungen der Gottesmutter. Als Schulleiterin einer Haushaltungsschule vermochte sie es, selbst gefährdeten Mädchen Halt und Orientierung zu geben. Die dort unterrichtenden Lehrer behandelte sie freundlich und achtungsvoll im Gegensatz zu einer Direktorin in der gleichen Stadt, deren Amtsführung von Machtmissbrauch, Mobbing und Willkür geprägt war. Schwester B. war der Weisung Jesu, 'vollkommen zu sein wie euer Vater im Himmel vollkommen ist' sehr nahe.

Bei Notenkonferenzen, bei denen die teilnehmenden Lehrer mit Kaffee, Kuchen und belegten Brötchen bewirtet wurden, herrschte eine Atmosphäre der Geschwisterlichkeit. Unter großer innerer Anteilnahme setzte sie sich auch für schwache Schülerinnen ein, wie eine Mutter sich für ihre eigenen Kinder einsetzt.

Heilige leben mitten unter uns. Sie bringen Licht in den grauen Alltag und strahlen positive Energie und Wärme aus. Bringen wir diesen Menschen Achtung und Anerkennung entgegen!

15. VIVA LA MUSICA

Einen Schatz fürs Leben erhielt ich neben einer reichen Allgemeinbildung in Bildender Kunst und Musik. In später Kindheit hatte ich das große Glück, bei einer der besten Musiklehrerinnen Freiburgs in der Kunst des Flöten- und Klavierspieles unterrichtet zu werden. Diese lebte so sehr in ihrer Kunst, dass sie keinerlei Wert auf ihr Äußeres legte. Ihre Klamotten entsprachen dem Modegeschmack des vorletzten Jahrhunderts. Beim Vortrag von Beethoven-Sonaten war sie in eine höhere Welt entrückt, die sie vorübergehend alles Irdische vergessen ließ. Dass sie ihr Können didaktisch talentiert weitergeben konnte, bewies sie bei den Hausmusikaufführungen im November, jedes Mal ein musikalisches Ereignis.

Ähnlich prägend war für mich der Musikunterricht in der Oberstufe. Der Musiklehrer brachte in einfühlsamer Weise den Zugang zum Kunstlied und der

Oper nahe, ebenso zu Symphonien der Wiener Klassik, ein Vermächtnis, das in jungen Jahren von meinem Elternhaus gefördert wurde. So wurde das von Schubert vertonte Gedicht 'Du holde Kunst, in wieviel grauen Stunden' auch in meinem Leben erfahrbar.

16. DU HOLDE KUNST

Schon im Vorschulalter weckte meine Mutter die Liebe zur Malerei. Aus dem wenigen holzhaltigen Papier machte sie ein Heft und zeichnete Gegenstände vor. Mit Resten von Buntstiften aus der Vorkriegszeit durfte ich diese ausmalen- bei allen Entbehrungen, die der Krieg mit sich brachte, ein Stück Seligkeit. Im Gymnasium hatte ich das große Glück, von einem hervorragenden Künstler unterrichtet zu werden. Ihm verdanke ich nicht nur meine große Liebe zur Malerei, er gab mir auch Richtlinien für meinen eigenen Unterricht im Fach Bildende Kunst. Leider wurde diese starke Persönlichkeit von den wenigsten Mitschülern geschätzt. Die meisten zeigten ihre Interesselosigkeit durch Stören. Worte wie "Mit Eisenbahnschienen sollte man hier dreinschlagen" und mir ist alles egal, selbst wenn die Atombombe platzt" zeigte, dass seine Nerven blank lagen.

5. Klasse 1. Bild, Ein Bauer

9. Klasse, Der Fliegende Koffer

7. Klasse, Kinder mit Reifen

12. Klasse, Illustration zu einer griechischen Sagen

10. Klasse, Iris, Linolschnitt

Jahrzehnte später. Mein Direktor bot mir an, zunächst fachfremd Bildende Kunst zu unterrichten. Mit großer Begeisterung ging ich ans Werk. Anders als bei meinem Zeichenunterricht in der Schulzeit verstand ich es, nach 10 Jahren pädagogischer Erfahrung Disziplin zu halten. Um meine künstlerischen Fähigkeiten weiterzubilden, besuchte ich mehrere Malakademien und das Studienseminar Bildende Kunst in Freiburg. Besonders prägend war für mich die Malschule von Frau Angelika Khan-Leonhard in Schluchsee, einer Künstlerin von internationalem Rang und von Professor Fritz Itzinger, Salzburger Land, einem der letzten großen Spätexpressionisten. Bei diesem verbarg sich ein weicher Kern in einer harten Schale. Schon sein Äußeres war ungewöhnlich: Mit seinen krachledernen Hosen und seinem rot-weißkarierten Hemd glich er eher einem Almbauer als einem Kunstprofessor. Begleitet von einem Schäferhund stellte er sich in der Vorbesprechung mit folgenden Worten vor: „Ich bin der Fritz und ich rede euch alle per du an, und wer das nicht will, den rede ich trotzdem per du an" Entsprechend äußerte er sein Missfallen über misslungene Arbeiten mit den Worten: „du malende Wildsau" und „dich sollte man am besten kompostieren!" Markant waren auch seine Merksätze: 'Orange und blau malt die Sau,', Gelb und violett malt der Depp'.
Trotz allem wollte ich im nächsten Jahr einen Kurs in Ölmalerei besuchen. Aber dazu kam es nicht mehr. Professor Itzinger, von Einheimischen liebevoll Itzi-Fritzi genannt, segnete das Zeitliche im 72. Lebensjahr. Er starb an den Folgen des Alkohol- und Zigarettenkonsums.

Requiescat in pace!
(Er ruhe in Frieden)

Angelika Kahn-Leonhard, Schluchsee

Wolfgang Link, Stillleben

Prof. Fritz Itzinger,
Selbstpoträt

Fritz Itzinger, Sonnenuntergang am See

Wolfang Link, Blumenstillleben, entstanden in der Malakademie Itzinger

17. EINE PROFESSORIN MIT VIEL MÜTTERLICHKEIT

Die Ernennung zur ordentlichen Professorin war für die damalige Zeit ungewöhnlich, wurden doch erst um 1900 Frauen zum Studium an Universitäten zugelassen. Dank ihrer überragenden Fähigkeiten in Forschung und Lehre berief sie zu Beginn der sechziger Jahre des vergangenen Jahrhunderts der Institutsdirektor auf den Lehrstuhl der klassischen Botanik an der Universität Freiburg. Ihr hoher Intellekt war mit den seltenen Eigenschaften der Mütterlichkeit verbunden. Deshalb nannten sie ihre Schüler liebevoll Mutti. Zudem war auch ihr Aussehen sehr attraktiv. Der Institutsdirektor kommentierte dies bei einer Filmvorführung über eine von ihr geleiteten Lappland-Exkursion mit den Worten. „Otti, du bist die reinste Filmdiva!"
Auf Lehrwanderungen bewies sie außer einer überlegenen Sachkenntnis eine sportliche Kondition, die selbst die meisten Sportstudenten in den Schatten stellte. Trotzdem waren Eigenschaften eines Mannweibes oder einer Emanze ihr völlig fremd. Das hatte sie auf Grund ihrer überragenden Persönlichkeit auch gar nicht nötig.

18. DEN NOBELPREIS FÜR MEDIZIN NUR KNAPP VERFEHLT

Sein Wesen war von Würde geprägt. Seine Vorlesungen über Feinstruktur der Zelle begeisterten seine Studenten. Bei seinen elektronenmikroskopischen Untersuchungen war er Pionier und auch an ausländischen Universitäten anerkannt. Das kurz vor dem Zweiten Weltkrieg von deutschen Physikern erfundene Elektronenmikroskop erlaubte Einblicke in bisher verborgene Bereiche und revolutionierte die Zellbiologie. Die Ergebnisse bildeten eine Brücke zwischen dem Feinbau der Zelle und der Molekularbiologie. Leider blieb ihm der Nobelpreis versagt, da eine Forschergruppe an einer anderen Universität wenige Wochen mit der Veröffentlichung derselben Entdeckung ihm zuvorkam.
Seine große Menschlichkeit erwies sich bei Prüfungen. Anstelle von Verhören, wie es bei manchen Hochschullehrern üblich war, verbreitete er eine

Wohlfühlatmosphäre. Es war ein anregendes wissenschaftliches Gespräch, das mit einer wohlwollenden Bewertung abschloss.

19. DER PROFESSOR

Seine Vorlesungen und Seminare waren faszinierend. Seine steile Karriere- mit 28 Jahren ordentlicher Professor und mit 30 Jahren Institutsdirektor – verdient höchsten Respekt. Unter seiner Leitung entwickelte sich das Botanische Institut zu einem der modernsten Einrichtungen in Deutschland und ganz Europa. Auch hatte er eine glückliche Hand in der Berufung von Professoren nach Freiburg. Die USA war seine zweite Heimat. An vielen Universitäten im In- und Ausland war er ein angesehener Gastprofessor. Insbesondere förderte er den damals noch jungen Zweig der Molekularbiologie. Er war auch Mitbegründer eines Kolloquiums zu Grenzfragen der Biologie. Nach dem Studium der Philosophie war er ein kompetenter Gesprächspartner. Um beim Wettlauf mit Wissenschaftlern aus den USA mithalten zu können, verlangte er von seinen Mitarbeitern eine sehr große Einsatzbereitschaft. „Machen Sie das so schnell wie möglich!" so lautete der Zusatz nach einem neuen Forschungsauftrag. Mit drastischen Worten reagierte er auch auf Pannen, die seine Vorlesungen beeinträchtigten. Als die Verdunkelung im großen Hörsaal nicht funktionierte, gab er seinen Unmut mit den Worten zum Ausdruck: „Wenn das bis morgen nicht behoben ist, reiße ich euch die Köpfe ab."
Ein Vorlesungsassistent legte einen Film über Mitose (Zellteilung) verkehrt herum ein. So wurde aus der Zellteilung eine Zellverschmelzung. Die interne Abrechnung dürfte gepfeffert gewesen sein.
Im Hinblick auf seine großen Leistungen sollte ihn seine Herkunft mit Stolz erfüllt haben. Er war Sohn eines Werkmeisters in einer Textilfabrik. Nach seinem Vater gefragt, erklärte er, sein Vater sei Schiffsarzt gewesen. Als der Schwindel aufflog, nannten Spötter ihn kurzerhand den Sohn des Hemdlestrickers. Wo viel Licht ist, ist auch Schatten.

20. MOLIERES GEIZHALS LÄSST GRÜßEN

Als Universitätsprofessor profilierte er sich nicht nur in Jurisprudenz, sondern auch in seiner Gegnerschaft gegenüber dem Ungeist der NS-Ideologie. Die Ehe mit einer Polin als „Angehörige einer minderwertigen Rasse" brachte ihm zusätzlich die Missgunst der „Herrenmenschen" ein. Dem KZ entging er nur dadurch, dass er sich abfand, Amputate von Kriegsverwundeten zu verscharren.

Nach dem Krieg war er einer der Väter des Grundgesetzes, in einem Ausschuss des Europaparlamentes und von 1949-1969 Abgeordneter im deutschen Bundestag in Bonn. Ein bewundernswertes Lebenswerk! Einziger Fleck auf seiner Weste war sein ins Unermessliche gesteigerter Geiz. Obwohl er als ordentlicher Universitätsprofessor und Bundestagsabgeordneter zwei Spitzengehälter bezog und in Frankfurt 10 Häuser sein eigen nannte, drehte er beim Kleiderkauf für seine drei Töchter jeden Pfennig um. Das Ritual war stadtbekannt. Beim Betreten des Kleidergeschäftes fragte er die Verkäuferin: „Haben sie nich was Preiswertes, etwas, was liegengeblieben is, nen Ladenhüter?" Einmal antwortete die Verkäuferin: „Ja wir haben etwas Zurückgesetztes für 30 Mark." Darauf der Professor, noch bevor er das günstige Stück in Augenschein nahm, kam es wie aus der Pistole geschossen: "Ausgezeichnet, das nehmen wir." Beim Ankleiden kommentierte er genüsslich grinsend., eine Zigarre rauchend, die Modenschau mit den Worten: „Schon der Stoff ist den Preis wert!" oder „Seht mal unsere Stiftsdame"

Beachtlich war auch der sonntägliche Mittagstisch. Er bestellte regelmäßig für sich und seine drei Töchter eine Platte Nudeln für sage und schreibe eine D-Mark. Den Heißhunger der Jugend stillte er, indem er wiederholt kostenlos nachschöpfen ließ.

Die Weihnachtsfeier

Auch in seinem Haus durfte ein Christbaum nicht fehlen. Aber wie konnte man ihn möglichst preiswert erwerben? Der Professor wusste Rat: Am letzten Verkaufstag schickte er seine Töchter zum Christbaummarkt. Ein liegengebliebenes Stück, das eher einem Besen glich, gab es besonders preiswert. Um den mickrigen Baum zu verschönern, schickte er seine Kinder in den Wald zum Tannenreisig sammeln. Zusätzliche Zweige, mit Draht befestigt, machten den Baum ansehnlicher.

Frohe Weihnacht!

21. ZU GUTER LETZT: ETWAS ZUM SCHMUNZELN

Kinder geben immer wieder Anlass zum Schmunzeln. Bei einer Taufe sagte der Vetter des Täuflings, damals 4 Jahre alt, auf die Frage des Pfarrers an die Eltern: „Sind Sie bereit, Ihr Kind auch dann anzunehmen, wenn es sich nicht ihren Vorstellungen gemäß entwickelt?" ein laut vernehmliches Ja. Der gleiche Junge stritt sich mit seiner älteren Schwester um eine Kupfermünze. Wie könnte man diese sicherstellen? Am besten auf einen Schrank legen. Gesagt, getan. Doch ihr Bruder hatte dies beobachtet und eignete sich mit Hilfe eines Stuhles das wertvolle Stück an. Nach erneuter Auseinandersetzung sicherte sich die Schwester auf ungewöhnliche Art das Streitobjekt: Sie schluckte es kurz entschlossen. Da konnte ihr keiner den Besitz streitig machen.

Der um einige Jahre jüngere Vetter bedauerte, dass er nachmittags auf seinen älteren Spielgefährten verzichten musste. Ich erklärte ihm, Wolfram müsse Schularbeiten machen. Darauf Andreas, damals drei Jahre alt: „Sind Schularbeiten auch Juxartikel?"

Die Hausaufgaben gehörten nicht zu Wolframs Lieblingsbeschäftigung. Daher die Idee: Eine Tante, die ihn betreute, müsse mit in den Unterricht und die Schularbeiten für ihn erledigen.

Seine jüngere Schwester kommentierte das Aufgeben von Studium und Beruf nach Eintritt in eine radikale Sekte mit den Worten, die sie von ihren Eltern aufgeschnappt hatte: „Onkel Herbert, du bist ein Aussteiger!" Ob die damals Vierjährige sich eine Vorstellung davon machen konnte, was ein Aussteiger ist? Bei einem Gespräch über Beichte und Buße gab sie zum Besten: „Buße, das sind die Bollere von de Fraue."

Wir unterhielten uns über einen unglücklichen Ehemann. Dieser hatte seinem Freund erzählt, er sei nach dem ehelichen Verkehr so gerädert. Darauf erwiderte Andreas: „Ich bin auch gerädert, ich habe Rollschuhe."

In Anlehnung an Marlene Dietrichs Prädikat (die schönste Großmutter der Welt) erhielt meine Mutter diese Auszeichnung: „Du bist die schönste Großmutter zu Welt!" Als diese das mit den Worten erwiderte: „Danke für das Kompliment!" wiederholte Andreas. „Danke für das Bimbliment!"

Vom gleichen Autor erschienen bei Books on Demand:

Die goldene Rose (2001)   ISBN 3/8311/1977/5

Nie wieder Krieg (2003)   ISBN 3-8334-0437X
Not und Elend von Krieg und Nachkriegszeit aus der Sicht von Zivilpersonen

Stille Helden (2005)   ISBN 3-8334-2296-3

Schulanekdoten (2005)   ISBN 3-8334-2835-X
Heiteres und Nachdenkliches

Täglich ereignet sich Weihnachten   ISBN 978-3-73866450-3
Ein Lesebuch für das ganze Jahr (2014)

Lebensretter (2015)   ISBN 978-3-7386-6450-8
Geschichten, die zu Herzen gehen

Die Blaue Blume (2015)   ISBN 978-3-7386-6010-4
Blumengemälde mit klassischen und romantischen Gedichten

Eigene Betrachtungen und   ISBN 978-3-7504-8452-8
Weisheiten herausragender Persönlichkeiten (2019)

Es kam die gnadenvolle Nacht   ISBN 978-3-7494-4382-6
(2019)

Auferstanden (2020)   ISBN 978-3-7504-8549-5
Eindrucksvolle Glaubenszeugnisse zu Ostern

Oh wie schön ist deine Welt (2021) ISBN 978-3-7543-3575-8
Lobpreis der Schöpfung

Von guten Mächten beschützt (2021) ISBN 978-3-7543-5799-6
Führung und Fügung